www.jollibre.com

2020, Santillana Infantil y Juvenil, S. L. i Grup Promotor, S. L.
Carrer de les Ciències, 73 (Districte econòmic Plaça d'Europa)
08908 L'Hospitalet de Llobregat
Telèfon: 93 230 36 00

ISBN: 978-84-16661-07-7
Depósito legal: M-39.135-2015
Printed in Spain

Quarta edició: maig de 2020

Directora de la col·lecció:
Maite Malagón
Editora executiva:
Yolanda Caja
Direcció d'art:
José Crespo i Rosa Marín
Projecte gràfic:
Marisol del Burgo, Rubén Chumillas, Julia Ortega,
Álvaro Recuenco i Laura Ruiz

Les matèries primeres utilitzades
en la fabricació d'aquest llibre són reciclables
i compleixen àmpliament amb la normativa
europea de sostenibilitat, economia circular
i gestió energètica.

Els mitjons de l'ogre

Maria Carme Roca

Il·lustracions d'Eva Sans

jollibre

Per a l'Arnau Campassol i Fornaguera,
perquè aconsegueixi tots els seus somnis.

En Maties era un ogre que vivia al bosc. Com tots els ogres, feia molta pudor, sobretot de peus, que tenia molt grossos. Però ni de bon tros no era gegantí, sinó petit i rabassut. Tampoc no feia por, gens ni mica, perquè era molt amistós. No li agradava segrestar princeses i, encara menys, devorar criatures. Potser pensareu que no era un ogre com cal, i potser sí que teniu raó, però el cas és que en Maties era un ogre tranquil i força eixerit que col·leccionava mitjons.

En tenia de tota mena i de tots els colors, per a cada cosa i per a cada ocasió: mitjons per ballar, mitjons per passejar; mitjons per dormir, mitjons per presumir; de color lila, en tenia una bona pila, i de vermells, un munt de parells; de carabassa, per saltar a la bassa, de marrons, per menjar macarrons. I un cop al mes se'ls posava del revés. Com que tenia els peus molt grossos, li lluïen molt, i com que era fredolic, en duia tot l'any, de llana ben gruixuda a l'hivern i de fil ben fresquet a l'estiu.

Cada matí, així que s'aixecava, pensava tot seguit: «Quins mitjons em posaré?»

Anava a la calaixera on els tenia desats, obria els calaixos i abans de fer la tria se'ls mirava satisfet.

—Avui, que és un dia festiu, me'ls posaré de color ben viu! —i se'n posava uns

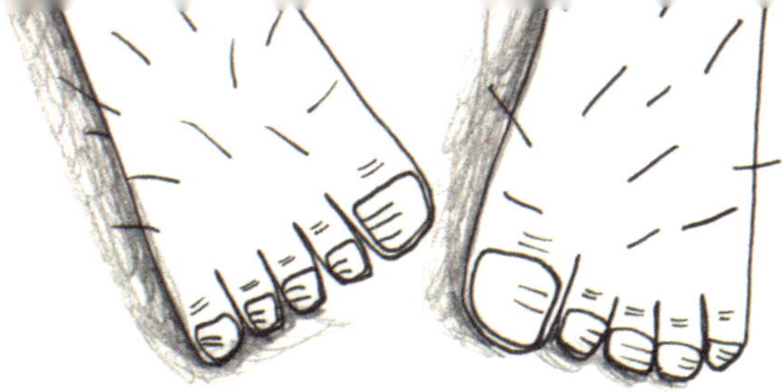

de fluorescents que es veien d'una hora lluny.

Com feia cada dia, després d'esmorzar, plogués, nevés o ventegés, va sortir a passejar pel bosc.

Per si se us ha passat pel cap, no, en Maties no es dutxava, que l'aigua no és cosa bona per als ogres. Només es treia les lleganyes i feia gàrgares, això després de tirar-se força pets per poder caminar més lleuger.

En canvi, sí que feia la bugada. I és que a en Maties li agradava dur els mitjons ben nets i polits. De tota manera, com que la fortor de l'ogre era tan i tan gran, cap dels seus parells de mitjons no perdia l'essència, per més que els rentés. Els de color morat sempre feien pudor de peix passat, i els de color verd, de formatge camembert. I a ell ja li estava bé.

Tot passejant, com que era un ogre educat, saludava tothom amb qui es trobava.

—Bon dia tingui, senyora Senglar!

—Passi-ho bé, senyor Bruixot!

—A reveure, senyora Mofeta!

La majoria dels seus veïns, sobretot aquells que vivien més a prop, feien tam-

bé molta pudor. D'aquesta manera, els era més fàcil suportar-se els uns als altres. Pel que fa a la senyora Senglar i la senyora Mofeta, fer pestilència era propi de la seva natura, com la de l'ogre, és clar. Però el cas del senyor Bruixot ja era més especial, perquè no tots els bruixots en fan, de pudor. Aquell, en canvi, sí que en feia. I molta. En qüestions de mala olor, al Bruixot pudent ningú no li feia competència.

En Maties n'estava content, dels seus veïns. I aquests, també d'ell, que consideraven que tenia manies i prou.

Però des de feia un parell de setmanes, en Maties estava preocupat. Resulta que, de cop i volta, perdia mitjons, els seus estimats mitjons. I no sabia pas per què. Prou que procurava tenir-los ben endreçats, bé que s'hi mirava a estendre'ls cadascun amb el seu company, però el cas era que en tenia una bona colla de desaparellats.

Primer no hi va donar importància: com que en tenia tants, no vindria pas d'un. Però de mica en mica es va anar

capficant, perquè després de remenar per tots els racons de casa seva i no trobar-los enlloc va pensar que no podia ser que n'hi haguessin desaparegut tants.

Que no hi tocava, potser? És que tal vegada perdia la memòria? Algú els hi prenia? Era una possibilitat, és clar. Però qui els voldria, els seus mitjons? I per a què? I, a més a més, que ell sabés, ningú del bosc no tenia els peus tan grossos com ell.

Amoïnat, ho va comentar amb la senyora Senglar, el senyor Bruixot i la senyora Mofeta. Els va convocar a casa seva i els va convidar a berenar (la Senglar sempre tenia gana, el Bruixot era un garrepa i aprofitava qualsevol ocasió per afartar-se i la Mofeta estava encantada d'anar a una reunió i remullar els bigotis).

Un cop es van haver atipat de melindros amb xocolata, tots hi van dir la seva: que si ja havia mirat sota el llit, que si tal vegada havia estat un cop de vent, que potser, mentre els rentava, se'ls havia emportat el corrent del riu... Que no sabien pas què dir-li, però que estarien atents, a veure si en treien l'entrellat.

Però quan van ser fora, tots tres, la senyora Senglar, el senyor Bruixot i la senyora Mofeta, van exclamar alhora:

—Quines manies que té, en Maties!

L'ogre es va arribar a preocupar tant, que va perdre la son, i això que sempre dormia i roncava a cor què vols (ara, la gana no la va perdre, no, que els ogres són molt golafres). De nit, s'aixecava i, amb la llum d'una espelma, obria els calaixos de la calaixera i els tornava a comptar.

—Ai, ai, i més ai, cada dia me'n falten més!

Va fer cas d'un suggeriment que li havia fet la senyora Senglar, seguir un mètode d'investigació: que fes una llista dels que tenia, que anotés els que li faltaven i tot allò que li li semblés interessant.

Però res, l'única cosa que va aconseguir va ser atabalar-se, constatar que cada dia en perdia un: que si aquell que duia un picarol, que si un altre de mil i una ratlles, que si el de quadrets...

Pobre Maties!

Després de rumiar-hi força, va decidir consultar-ho amb algú que hi entengués de veritat, de desaparicions. I en això no hi havia ningú que superés la Rata Sàvia.

Decidit, es va posar uns mitjons amb farbalans, que eren molt elegants, i es va

adreçar cap a casa seva. Encara sort que no vivia lluny i aviat hi va arribar.

—Benvolguda Rata Sàvia —li va dir el Maties molt educat—, et voldria exposar el meu cas.

La Rata, que era molt llesta, el va fer passar i va escoltar en Maties amb molta atenció mentre prenia nota de tot plegat.

—Això et costarà una bona panera de formatge —va advertir la Rata Sàvia, que a més de llesta era molt pràctica.

—Això rai, que no miro pas prim, jo —li va dir en Maties, convençut.

La senyora Rata va fer cara de desconfiança. Va pensar que aquell ogre no era un ogre com cal: era menut, rabassut i tenia moltes manies. Però no semblava pas enze com la majoria dels ogres, i va decidir acceptar el cas.

—Una pregunta —va dir la Rata Sàvia—: tu no tens pas rentadora?

—No, no pas, jo rento els meus mitjons a mà.

—Ja m'ho pensava, però per si de cas...

La senyora Rata, que a més de llesta i pràctica era tafanera, sabia que els humans feien servir unes màquines que rentaven la roba i que, com per art d'encanteri, hi desapareixien els mitjons que quedaven desaparellats.

Però com que en Maties no feia servir rentadora, hauria de dirigir la investigació cap a una altra banda. I va quedar amb l'ogre que, així que s'assabentés d'alguna cosa, es posaria en contacte amb ell immediatament.

Aquella nit, finalment, en Maties va poder dormir. El tranquil·litzava que algú s'hagués ocupat d'aquell assumpte. I sabeu què va passar? Doncs que el dia següent, l'altre i els que van seguir no n'hi va desaparèixer cap.

zzZZZZ!

Seguint el consell de la senyora Senglar, cada dia comptava els mitjons, i sí, sí, continuava conservant els mateixos.

«Això és que el culpable deu saber que n'estic al cas i ho ha deixat córrer», va pensar. Els seus veïns, la senyora Senglar, el senyor Bruixot i la senyora Mofeta, van opinar el mateix i li van dir que a veure quan feia un altre berenar per celebrar-ho.

Al cap d'un parell de setmanes, la Rata Sàvia, que, a més de llesta, pràctica i tafanera, era complidora, es va presentar a casa d'en Maties.

—Ja tinc el que buscaves —va dir satisfeta.

—Ah, sí? Que bé! Explica't, explica't!

La senyora Rata va fer un llarg silenci per donar més emoció al que anava a dir.

—Au, va, digues! —li va insistir en Maties, molt impacient, mentre li oferia un plat amb formatge que feia una flaire que enamorava.

—És la senyora Guineu, la que t'ha pres els mitjons.

En Maties va fer uns ulls com unes taronges. De tota la vida, les guineus havien robat gallines i conills, però mitjons...? Vés a saber per què els volia! I desaparellats!

—Ep, no et confonguis amb la Guineu Guillada —va aclarir la senyora Rata—. Jo em refereixo a la del bosc de l'altra banda de la vall, a la Guineu Astuta.

La Guineu Astuta, ve-t'ho aquí. No podia ser una altra.

—Però per què els vol, els meus mitjons? —va preguntar en Maties.

—Els vol per fer negoci... Vaig fer les meves investigacions —va continuar explicant-se la senyora Rata aprofitant que l'ogre havia quedat molt sorprès—. Bé, comencem pel principi. Un dia vaig veure que una cabra portava un barret molt estrany. Era una mena de barretina d'un color blau molt viu.

—Oh, el de color blau! Amb ell feia un bon sarau!

—Vaig saber també que la senyora Llop havia adquirit uns sacs de dormir molt vistosos per als seus llobatons. I que la senyora Mostela havia fet una tenda de campanya amb un mitjó teu de color gris.

—Oh, el gris! Amb ell jugava a parxís!

—No et pots imaginar la feinada que he tingut —va dir tota múrria la senyora Rata.

(Sí, ho heu endevinat, també era múrria).

—Ara ja fa dies que no me n'han desaparegut més —va informar en Maties.

—És clar, no és gens beneita, la Guineu Astuta.

—Però com ho has sabut, que era ella? Fins ara m'has parlat d'una cabra, d'un llop i d'una mostela...

—Hi havia també un falcó pelegrí que feia servir un dels teus mitjons de motxilla. Però anem a pams —va dir la Rata Sàvia—. No m'ho volien pas dir, d'on havien tret els mitjons. Prou que es veia que ho amagaven. Però quan els vaig dir que eren d'un ogre, es van afanyar a treure's les puces de sobre i em van aca-

bar confessant que era la Guineu Astuta qui tenia els mitjons. També em van dir que si la Guineu els tornava el que ells li havien donat a canvi, encara que els teus mitjons els agradaven molt, te'ls tornarien de seguida.

—Ja ho tenim, doncs! Només hem d'anar a cantar les quaranta a la Guineu Astuta.

—Com si fos tan fàcil! Una cosa és saber-ho i l'altra és demostrar-ho.

—Però tenim testimonis.

—Que no diran res, ja t'ho puc ben assegurar.

En Maties va quedar molt moix, però la Rata Sàvia el va animar dient-li que hi anirien a parlar, que ja tenia prou mala fama i no voldria més enrenou. I que sempre tenien l'opció de denunciar-la al

Gran Mussol, el que tot ho vetlla i tot ho resol.

—Jo no vull raons; jo vull els meus mitjons! —va somicar l'ogre.

Així doncs, hi van anar aquell mateix dia, quan vesprejava, abans que arribés l'hora quieta, quan tot dorm o sembla fer-ho.

En Maties s'havia posat uns dels seus mitjons preferits, uns que eren molt divertits, plens d'estrelletes, que feien conjunt amb la nit.

—Toc-toc! —va trucar en to solemne la Rata Sàvia a la porta de ca la Guineu.

—Què us ha dut a casa meva? —va preguntar amb cara de pomes agres.

toc-toc!
toc-toc!

—No et facis la despistada, que prou que ho saps —va assegurar la senyora Rata.

—Jo? Què és el que he de saber?

Va durar força estona aquell estira-i-arronsa. En Maties s'anava sulfurant, i això que no era fàcil, perquè tenia bon caràcter. Tan empipat estava, que no va poder evitar de deixar anar uns quants pets ben pudents. Tanmateix, no podia desaprofitar l'ocasió de demostrar que era un ogre com cal!

De sobte, es va sentir el so alegre d'un picarol.

—Ep, això em sona! —va exclamar en Maties, que va entrar tot seguit per anar allà on havia sentit el soroll.

Damunt del llit de la senyora Guineu hi havia un gran mitjó, un mitjó d'en Maties.

—És el mitjó del picarol! Amb ell ballo el *rock-and-roll*!

I de dins va sortir el cap d'un conill, del senyor Conill, que anava acompanyat de la seva família.

—Compro, compro! —va cridar amb entusiasme el rosegador, que evidentment no sabia res del que passava. Ell només volia comprar aquell mitjó tan fantàstic que els serviria de flassada.

—I encara tindràs la barra de negar-ho? —va preguntar la Rata Sàvia.

—Bé, tot té una explicació —va dir excusant-se la Guineu Astuta.

—Doncs ja pots començar! —va exigir en Maties.

Aleshores ella va deixar anar una història molt ben guarnida. Va dir que un

bon dia s'havia trobat un mitjó enganxat en un esbarzer.

—No podia saber que era teu... —va afegir.

—Un, d'acord, però i els altres? —va demanar en Maties.

—Potser sí que te n'he pispat algun, però tot té una solució.

—Oh, i tant, ja me'ls estàs tornant!

—No és tan senzill perquè... —La guineu Astuta va fer cara de pena i va continuar dient—: Podria tornar de mica en mica part del que m'han donat i tu recuperar els teus mitjons, però... els llobatons de la senyora Llop es quedaran sense sac de dormir, la senyora Mostela no tindrà la tenda de campanya, la cabra no lluirà el seu barret i el falcó pelegrí haurà de volar sense motxilla.

—Mi-te-la! I jo em quedaré sense mitjons!

—Vull que sàpigues que ho he fet per una causa noble. Els beneficis que trec dels teus mitjons —la Guineu Astuta va callar que també pispava altres coses— són per ajudar els cadells desemparats del bosc.

«I ara creu-t'ho!», va pensar la senyora Rata, que, a més de llesta, pràctica, tafanera, complidora i múrria, era també malpensada.

—Però una cosa no treu l'altra. M'has robat! —va protestar en Maties—. Si m'ho haguessis demanat, podríem haver arribat a una entesa.

—Potser sí. En això tens raó, no vaig pensar que fossis un ogre amable. Però sé com puc compensar-te.

—Jo vull els meus mitjons!

—Només demano que tinguis una mica de paciència. Conec una aranya que fila molt bé i li encarregaré que te'n faci un parell.

En Maties va quedar una mica satisfet.

Però només una mica.

Llavors la senyora Guineu va xiuxiuejar unes paraules a cau d'orella de la Rata

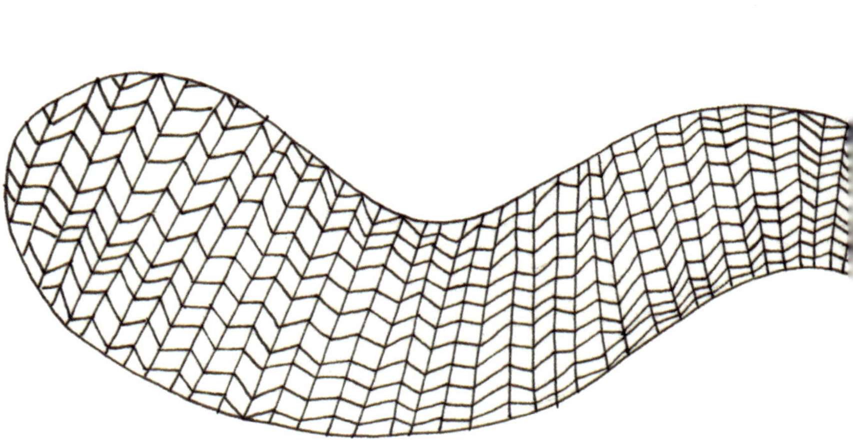

Sàvia. I aquesta va pensar que potser sí, que era una bona idea; si més no, això podria fer feliç en Maties.

—Sisplau, em fareu molt feliç si veniu a la festa que celebraré la setmana vinent.

—Així, rai! Amb el que en treus, dels meus mitjons, ja pots fer festetes, ja!

—Au, va, no siguis rondinaire, Maties! —el va renyar la Rata Sàvia.

Vés a saber quina altra en duia de cap, la guineu, va pensar l'ogre, tot desconfiat. Però com que la idea de fer una festa li agradava, va dir que sí. A més, pensava anar-hi acompanyat dels seus veïns, la senyora Senglar, el senyor Bruixot i la senyora Mofeta.

I va arribar el gran dia. En Maties, no podia ser d'una altra manera, hi va anar amb uns mitjons molt bonics, uns de fils de seda i puntes de coixí. Feia molt de goig.

A la festa, que es va celebrar al pati de la casa de la Guineu Astuta, es va trobar amb altres veïns. Alguns tenien fama d'estrafolaris, tot i que en Maties els trobava ben normals. No feia cas del que en deien: que si el senyor Llop havia tingut problemes amb uns porquets, que si s'havia topat amb una nena malcarada que

duia una caputxeta vermella i se l'havia cruspida, que si es volia menjar unes cabretes... Tampoc no donava cap importància al fet que a la senyora Bruixa, parenta llunyana del senyor Bruixot, ja no li sortís bé cap encanteri, ni que fos mal-
52 destra i despistada. Ni al fet que diguessin que havia volgut enverinar la seva fillastra, una noia una mica bleda que vivia amb set nans enmig del bosc. I si deien

que el senyor Gat era un embolicaire, un fatxenda i un presumit, que diguessin, perquè ja se sap que qui no té feina el gat pentina. I si el senyor Gat calçava botes, ell portava mitjons. Res a dir-hi, doncs.

I coses que passen, l'ogre aviat es va adonar d'una grata presència. D'on havia sortit, aquella ogressa tan bonica?

Era bonica a la seva manera, perquè tenia unes orelles de pàmpol, el nas xato

i uns ulls de caganiu. Però potser perquè també era petita i rabassuda, en Maties la va trobar d'allò més encisadora. A més, cal dir que els gustos dels ogres no són els mateixos que els dels humans.

Ah, i també tenia els peus grossos! I per acabar-ho d'adobar, portava mitjons, uns de transparents com una mitja que deixaven veure els grans i les berrugues que tenia als peus.

La Guineu Astuta i la Rata Sàvia es van picar l'ullet.

—A en Maties li feia falta companyia —va dir la primera.

—I tant. Cada dia té més manies, en Maties —va assegurar la segona.

D'aquesta manera va ser com en Maties i l'Herodies, que així era com es deia l'ogressa, van començar a fer peuets. I per

iniciativa d'ella, a intercanviar-se els mitjons. Que era molt avorrit això de portar els mateixos a cada peu!

Així no passaria res si perdien algun mitjó.

Maria Carme Roca

Autora

Maria Carme Roca i Costa (Barcelona, 1955), historiadora i filòloga, té una cinquantena de llibres publicats, el primer dels quals va aparèixer l'any 1997. La seva obra s'adreça tant al públic infantil i juvenil com a l'adult. Ha obtingut diversos premis, com el Nèstor Luján de novel·la històrica o el Joaquim Ruyra de narrativa juvenil. Amb l'editorial Santillana ha publicat *Sis contes revoltats*, *Amb ulls de "guácharo"* i *Les formigues s'han refredat.*

Aquí acaba aquest llibre
escrit, il·lustrat, dissenyat, editat i imprès
per persones que estimen els llibres.
Aquí acaba aquest llibre que tu has llegit,
el llibre que ja ets.